P9-CCE-233

WITHDRAWN

Damage
Mutilation Noted

NORMAN BRIDWELL

Clifford®
al rescate

Traducido por Teresa Mlawer

SCHOLASTIC INC.

New York Toronto London Auckland Sydney
Mexico City New Delhi Hong Kong

Para
Daniel Jacob Morris
—N.B.

Originally published in English
as *Clifford to the Rescue*.

ISBN 0-439-12956-7

10 9 8   03 04

Printed in the U.S.A.
First Scholastic Spanish printing, March 2000

Yo soy Emily Elizabeth. Éste es mi perro Clifford.

A Clifford le gusta comer.

Y le encanta jugar.

Pero, sobre todo,
a Clifford le gusta ayudar.

Cuando vio un gatito que estaba en peligro,

se apresuró a ayudarlo.

Cuando unos amigos de Clifford quedaron atrapados detrás de una cerca,

Clifford vino a rescatarlos.

A Nero, el hermano de Clifford, también le gusta ayudar.
Nero pertenece al cuerpo de rescate de la estación
de bomberos.
Clifford y yo fuimos a visitarlo.

Mientras estábamos allí, sonó la alarma.

Seguimos al camión de bomberos.

Nero entró corriendo en el edificio.

Clifford lo ayudó.

Un día, vimos un cartel que
anunciaba la llegada del circo.
En un letrero más pequeño pedían ayudantes.

Así que Clifford se disfrazó de elefante
y les dio una mano o más bien una cola.

El año pasado celebramos el aniversario
de nuestra ciudad con un gran desfile.

De repente, un hombre salió a nuestro paso y detuvo el desfile.

Había un problema en el puente.

Clifford y yo salimos corriendo en esa dirección.

¡El puente se había derrumbado!

Clifford actuó rápidamente.

¿A que no adivinas lo que hizo?

El desfile continuó,
pero Clifford no desfiló. . .

¡Hizo de puente!

Un día yo caminaba con Clifford
cuando un auto nos pasó a toda velocidad.

Y justo detrás de ellos venía la policía.
Perseguían a unos ladrones.

Clifford tomó un atajo. . .

y capturó a los ladrones.

Los policías estaban muy contentos.

Estoy tan orgullosa de mi gran perro colorado.

¡Busca las ilustraciones de **Clifford al rescate** en estos otros divertidos libros!

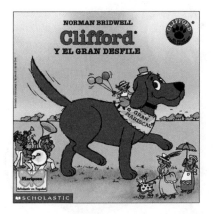

La carrera artística de Norman Bridwell tomó impulso con la
publicación de *Clifford, el gran perro colorado*. Treinta y siete
años después y con muchos libros publicados, Norman
Bridwell continua encantando a su público infantil.
¿Qué es lo que hace que Clifford sea irresistible? Norman
Bridwell tiene una teoría sobre eso: "Pienso que el éxito de
Clifford se debe a que no siempre es perfecto. Clifford siempre
trata de hacer bien las cosas, pero a veces se equivoca".
Norman Bridwell, que nació y se crió en Indiana, vive ahora
en Edgartown, Massachusetts.